KB044838

진주가 된 생채기의 사랑

김윤태 김지유 부부 시집

진주가 된 생채기의 사랑

–평강 공주와 바보 온달의 시

스타북스

자서自序

연세대학교 법학과를 졸업한 아내와
인덕공업고등학교를 졸업한 남편.

세상에 두려움이 많았던 아내와
세상에 두려울 것이 없었던 남편.

서로 다르기 때문에 매일 싸우기도 했으나
서로가 달랐기 때문에 배울 것이 많았습니다.

싸움조차도 서로에게 맞춰가는 과정이었음을
세월이 흐른 후에야 알게 되었습니다.

이 시집에는 평강 공주와 바보 온달같이
서로 어울리지 않을 것 같은 두 사람이
묘하게 서로 어울리는 모습을 담았습니다.

한 여자와 한 남자가 만나 뜨겁게 사랑을 하고
알콩달콩 삶을 나누며 쓴 시들을
세상에 살포시 내놓습니다.

두 사람의 사랑의 결실로
네 명의 씩씩한 아들들이 태어났으니
이것만으로도 우리는 풍족한 삶을 누리고 있습니다.

2020년 초여름
김윤태 김지유

목차

part 1— 평강 공주 시

part 2 — 평강 공주가 바보 온달에게 바보 온달이 평강 공주에게

평강 공주가 바보 온달에게

바보 온달이 평강 공주에게

part 3 — 바보 온달 시

part 1— 평강 공주 시

진주가 된 생채기의 사랑

살다 보면 굳이 안 겪었으면 좋았을 것을
왜 이런 일이 나에게 일어났을까 질문하다가
좀 더 살다 보면 그 일을 겪었기 때문에
지금의 내가 있을 수 있었구나 답을 찾는다

모래알이 부드럽고 연약한 내 몸 안에 들어와
매일 꺼끌꺼끌한 불편함을 감수해야 했는데
모래알이 들어와 만든 생채기가
오랜 세월이 지나 반짝이는 보석이 되었다
연약하여 쓸모없는 생채기가 딱딱한 조개껍데기 안에서
진주가 되어 깊은 바닷속 사랑도 나눌 수 있게 되었다

민들레

누구라도 쉽게 볼 수 있는 흔한 꽃이어도 좋아
추운 겨울을 지나 봄을 알리는 전령이 될 수만 있다면

가장 척박한 땅에서 피어나도 좋아
누구든지 내 노란 꽃잎에서 희망을 볼 수 있다면

잠깐 피었다가 바람에 날리는 홀씨가 되어도 좋아
겨우내 숨어 지냈던 인고의 시간들을 기억해주는 자가 있다면

사람들의 발에 밟혀도 좋아
어디에서든지 다시 태어날 수만 있다면

벚꽃

겨울이 너무나도 혹독하여
봄이 영영 안 오는 줄 알았다
봄 햇살을 쬐는 이 순간에도
겨울바람에 오랫동안
시리고 시렸던 가슴은 여전히 춥다
겨울이 너무나도 지독하여
봄이 영영 안 오는 줄 알았다

봄이 왔다는 것이 아직도 믿기지 않는데
태양열에 달구어진 꽃눈에서
팝콘 터지는 소리가 탁탁탁 들린다
팝콘이 순식간에 한꺼번에 터지듯
벚꽃이 하룻밤 새 한바탕 만개했다
벚꽃이 탁탁탁 터지는
경쾌한 소리가 들린다

벚꽃이 봄바람에 휘날린다
겨우내 차가운 눈발만 휘날리더니
벚꽃이 봄바람에 휘날린다
차가운 눈발만 있는 게 아니라

화사한 꽃발도 있다고 희망을 전한다
삶이 매 순간 추운 것만은 아니라고
추운 날이 있으면 화사한 날도 있다고

봄이 살아 있다

죽은 줄로 알았다
다시 살아날 가망이
전혀 없다고 여겼다
말라비틀어진 가지에
이파리까지 다 떨구어버려서
죽어가는 줄로만 알았다

아기 손가락 같은
초록 잎들이
파릇파릇 솟아오를 때야
비로소 알았다
죽은 게 아니었구나
봄을 준비하고 있었구나
새로운 시작을
아무도 모르게
뿌리 깊은 곳에서부터
준비하고 있었구나

예고도 없이 갑자기
초록빛을 머금은 새싹이

꼼지락 꼼지락 꿈틀거릴 때야

비로소 알았다

살아 있었구나

겨우내 숨어서

생명의 기운을 온몸으로

빨아들이고 있었구나

봄을 감탄하는 사람들에게

땅도 자신이

살아 있음을 알리려고

아지랑이로 꿈틀거린다

지렁이의 항변

빗소리가 좋아
땅 밖으로 나왔다
비가 촉촉이 내리는
거리가 좋았을 뿐이다
사람들의 발에 밟혀
꿈틀거려보지만
정작 밟은 자는
밟았는지도 모른다

땅속에서 소리 없이
나무들의 숨구멍을 열어주고
땅속에서 생을 마감할라치면
나무들의 거름도 되어주고
땅을 유익하게 하는 일 외엔
잘못한 게 하나도 없는 것 같은데

빗소리가 좋아
땅 밖으로 나오자마자
생을 마감하게 되었다
사람들은 나를 하찮게 여겨도

사람들 눈엔 징그러워도
난 소리 없이 나의 일을 하다가
외마디 비명도 없이 떠난다

열매

봄볕에 하얀 꽃이 만발하더니
어느새 조그마한 구슬이 매달렸다

자그마한 구슬은
여름 뙤약볕에 마법처럼 커져갔다

하지만 그러면 뭐 하나
태풍이 몰아쳐 우수수 떨어져
풋열매에 그쳐 버렸는데

철없는 아이들이야
열매를 기대하는 농부의 마음을 헤아리지 못해
땅바닥에 널려 있는 풋열매가 맛있다고 주워 먹지만

농부의 마음은 타들어 간다
풋열매의 씨앗은 열매를 맺지 못한다고
태풍을 견디지 못한 열매는
아무짝에도 쓸모없다고

푸욱푸욱 익어서

차라리 새들의 먹이가 된 열매는
다 먹히고 난 열매의 씨앗일지라도
커다란 나무가 될 가능성도 있건만
설익은 열매의 씨앗은
아무짝에도 쓸모없다고

꽃이 열매에게

시들지 않고 늘 아름다우면 좋으련만
아름다운 모습 그대로 바뀌지 않으면 좋으련만
영광스러운 나날만 고집할 수 없는 이유를 알고 있니

내가 시들고 썩어 문드러져야만
네가 이 세상에서 빛을 발할 수 있기에
내 모습을 상하게 하여 너를 탄생시킨다

시들어가는 자가 만들어낸 고통의 씨앗은
인고의 시간이 끝나면 새로운 세상에서
더 많은 열매와 아름다운 꽃으로 태어나겠지

뽐내는 시간은 잠깐이요 죽어감을 통하여
새로운 세계를 향한 문을 열어 준다
내가 아름다운 것보다 네가 태어나는 것이 행복하기에

풍파를 견디는 나무

거센 바람에 머리카락이 뺨을 때리며 헝클어지고
온몸에 한기가 들어 뼈까지 오싹하여
내 몸 하나도 건사하기 어려운데

세찬 바람에 이파리 몇 장 무심하게 날려 보내고
온몸으로 버티어 꿈쩍 않고 서 있는
너의 내공은 어디서 생기는 걸까

보이지 않는 어두운 땅속에서
오랜 세월 비바람을 견디고
딱딱한 땅을 사방으로 뚫은 뿌리의 위력

겁먹은 새끼 고양이

#1

겁에 질린 눈을 보니
엄마를 잃었나 보다
누군가 해치지 않을까
두려움에 가득찬 눈으로
인적이 드문 밤길에
조용히 우는 너를 본다

#2

날 보살펴줄 사람이 없는 것 같아
스스로 인생을 책임져야 하는 것 같아
내 한 몸 거두는 인생도 팍팍한데
누가 날 좋아한다 해도 싫고
내 근처에 다가오는 것도 싫어
누군가 내 곁에 있으면
나와 함께 그도 공격당할 것 같아
내 존재가 누군가의 아픔이 될까 봐
아무에게도 다가갈 수 없는데

#3

엄마 잃은 고양아, 힘 내
아무도 널 해치지 않을 거야
네 모습 그대로 얼마나 예쁘고 사랑스러운데
사랑스러운 너의 모습이 보이지 않니
두려워할 필요 없어, 괜찮아

무채색

색이라고 말할 수 없기에
자연스레 배경이 될 수 있고
원색처럼 튀지 않기에
어떤 색과도 어우러질 수 있고

빛과 함께 순백으로 등장하기에
생명을 주관할 수 있고
어두움과 함께 흑암으로 깔리기에
휴식을 줄 수 있는 색

하루의 시작과 끝을 주관하지만
전혀 주인공이 아닌 듯
매일매일 무심코 흘러 지나가는
흑백의 조화 속에 숨겨진 보석

새들의 비행

작은 새들이
V자 모양으로
드넓은 하늘을 헤치고
편대 비행을 한다

맨 앞에서 무리를 이끌고 나가는
작은 몸짓의 새 하나가
긴장감으로 하늘길을 주시하고
무거운 책임감을 날개에 실어
힘겹게 공기를 뚫는다

왜 혼자서만 앞장서 가느냐고
불평하는 새들 하나 없이
함께 가는 새들은
줄이라도 그어 놓은 듯이
질서정연하게 날아간다

앞에서 이끄는 새가
힘겨워할 즈음
뒤따라가는 새가 앞장서서
날갯짓의 무게를 덜어간다

계절을 따라 피는 구름

따스한 봄 햇살에
빼꼼 피어나는 구름이
재잘재잘 아이들 손에
솜사탕으로 피어난다.

뜨거운 여름 태양에
뭉게뭉게 피어나는 구름이
사랑을 찾아 헤매는 청년들에게
팥빙수의 얼음으로 피어난다.

청량한 가을볕에
선명하게 피어나는 구름이
땀 흘려 청소하는 엄마의
비누거품으로 피어난다.

혹독한 겨울 추위에
무겁게 내려앉은 구름이
손자의 이불을 덮어주는 할머니의
목화솜으로 피어난다.

데칼코마니

땅 위에 계곡과 봉우리가 있듯
바다 아래 계곡과 봉우리가 있다

산에 알록달록 단풍이 들듯
바닷속에 알록달록 산호초가 깃든다

산속 새들이 양 날개를 펼치고 날아가듯
바닷속 물고기들이 양 지느러미를 흔들며 헤엄친다

우리가 살고 있는 땅이 기준선이 되어
데칼코마니가 만들어졌다

땅 위와 땅 아래를 똑같이 찍어냈다
시작과 마지막, 처음과 끝이 똑같다

수미상관법이 묘한 아름다움을 가지듯
처음과 끝이 똑같은 사람이 아름답다

내 삶의 심장박동기, 겨울바다

한 해의 묵은 때를 다 씻는 짙푸른 파도소리가
수많은 카메라 셔터소리에
묻히는 것이 싫다

사람이 아무리 아름다운 색을 만든다 한들
조물주가 만들어놓은 바다 색감이
영혼까지 청량하게 하는 것과 비할 수 있으랴

바쁜 일상에 쫓겨 죽어가는 자를
강한 숨소리를 내뿜는 겨울바다가 만들어낸
파도 바람이 심장을 때려 기어코 살려낸다

내 심장에 역동치는 파도소리를 담고
내 눈에 은빛바다를 영혼 깊숙이 흘려보내고
내 볼에 겨울바람이 주는 생기를 바른다

나, 시인

나, 시인이 될 수 있을까
아무도 알아주지 않는 들풀이라도
외로운 들풀을 붙잡아두어 말을 걸고
무심코 스쳐 보내지 않는
소꿉 말동무 같은 시인이 될 수 있을까

나, 시인이 될 수 있을까
추억과 아픔을 몸 밖으로 꺼내지만
마구잡이로 난도질하여 꺼내지 않고
보일 듯 말 듯 조심스레 꺼내와
감정의 찌기들을 깨끗하게 걸러내는
계곡의 시냇물 같은 시인이 될 수 있을까

나, 시인이 될 수 있을까
사람의 마음속 민낯을 드러내지만
민낯을 부끄럽게 만들지는 않는
사람을 넘어 대지까지라도 그 안에 품어
따사로운 시선을 비춰주는
아기 품은 어머니 같은 시인이 될 수 있을까

악몽

뒤뚱뒤뚱, 걸음마도 아직 배우지 못한 아기가 보여요
그 앞에 널브러져 있는 과자들도,
아기의 목구멍에서 소리가 나요, 꾸역꾸역
눈앞에 널브러져 있는 물에 어린 과자들
엄마, 저 아기의 손을 붙잡아 주세요. 제발
꾸역꾸역 소리 나지 않게, 귀가
찢어지겠어요, 소리는 점점 커지는데
왜 아기의 손을 잡아 주지 않는 거죠?

손을 잡아 주는 엄마가 사라지는 꿈을 꾸었어요
아기가 좋아하는 과자가 있었는지
아기가 그 과자를 먹었는지는
전혀 기억이 나지 않아요
하지만 먼 바다에서 건져온 고동 껍질을 귀에 대자
악몽에서 깨어났어요
엄마의 심장 고동 소리가 들리자마자
악몽에서 깨어났어요

구멍 뚫린 고무다라이

큼직한 고무다라이 하나에
엄마 손때만 묻히면
집안의 대소사는 해결되었다
대들보 같은 고무다라이에
흠집이 생길라치면
바느질로 땜질하여
다라이의 본분을 다했다

채워도 채워도
어디에 난 지도 모르는 구멍 때문에
채워지지 않았던 그 다라이가
나중에 흠집을 찾아서 바느질로 땜질하였던
흉측해 보였던 그 다라이가

받아도 받아도
채워지지 않는 내 마음을 닮았다
상처 난 마음에 흉터 난 자국도 없었으면 좋으련만
다시 들여다볼 수 없을 정도로 흉측하다
그럼에도 우리집 다라이가 그랬듯이
아무 일 없었던 것처럼 자리를 지키고 있다

그냥 살아만 있어 다오

—목포 혜인여자고등학교 시절의 강종석 선생님께

세월이 지날수록 기억나는 사람이 있다
달콤한 말로 보듬어주기만 했던 사람도 아니요
무서운 채찍질로 호되게 내리쳤던 사람도 아니다
삶의 방식을 세세히 가르쳐준 사람은 더욱더 아니다
그냥 나를 향해 늘 지그시 웃어주었고
내가 나쁜 선택을 절대 하지 않을 것이라 믿어주었고
가슴 아픈 일을 당했을 때 기약 없이 오셔서
커피 한 잔 타 달라고 하며 잘 지내는지 안부를 확인하셨을 뿐이다
무관심하지 않으면서도 과하지도 않게
내가 어떤 나쁜 일을 해도 내치지 않을 것이라는 안도감을 갖게 했다

나중에 찾아가 뵈었을 때 하시는 말씀이
내가 나쁜 선택을 할까 봐
생사를 확인하기 위해 매일 전화를 하셨다고 했다
일부러 웃고 다니며 꼭꼭 숨겨왔던
나의 어두운 그늘을 눈치채셨나 보다
세상과 인연을 끊고 싶었던 여러 날 동안
정작 인연을 끊을 수 없었던 진짜 이유는

다른 누구 때문이거나 무엇 때문이 아니었다

매일같이 생사를 확인하셨던 그분이

내가 스스로 세상을 등진 것을 알면

얼마나 슬퍼할까 하는 단순한 마음에 그냥 살아 있었다

그냥 살아만 있어 달라는 그분의 소원을 들어주고 싶어서였다

멍든 가슴

임이 내 가슴에 돌을 던져서
속수무책으로 맞았다
내 가슴을 강타한 그 돌은
다시 튕겨 나가 타인을 때렸다

타인은 내게 왜 때렸는지 따져 묻고
난 죄송하다며 연발했다
임이 나를 향해 던진 돌 때문이라고
한 마디만 하면 되는데

난 굳이 사실을 말하지 않았다
임이 살기 가득한 눈으로
내게 돌을 던지는 것을 보았다
도대체 왜 그랬을까

너무도 사랑하는 임이 한 일이라
당혹감을 감출 수 없어서
그 눈빛의 의미를 알지 못하여
묵묵부답으로 대신했다

침묵할 수밖에 없었다
내가 임을 타인이라 부르지 않고
임이라고 부르는 이유이다
임이 한 짓이라고 말할 수 없는 이유다

임을 임이라고 간직하고 싶은 이유다
타인을 맞힌 돌이 다시 임에게 돌아가
임을 아프게 하는 게 싫어
내 가슴에 든 피멍만 쓰다듬는다

청춘

영화 볼 돈이 없어
영화관에도 들어가지 못하고
거리를 헤맬지라도
말똥말똥 두 눈이 있어
아이쇼핑을 즐길 수 있으면
그것으로 족했다

집 한 채 없이
고시원과 친척 집을 전전하며
유랑하여 다닐지라도
튼실한 두 다리가 있어
어디든 다닐 수 있으면
그것으로 만족했다

거창한 레스토랑이 아니어도
2,500원짜리 국밥을 먹으며
사랑하는 사람의 눈을 바라보고
오순도순 얘기를 나눌 수 있으면
그것으로 행복했다

청춘이 가지는 힘이 너무나 강력해서
내 손에 무엇을 쥐고 있는지
살펴볼 틈도 없었다

용서

자식을 향한 엄마의 마음에는
창칼이 구비되어 있지 않다
엄마가 아닌 자들의 마음은
뉴스와 인터넷에 창칼을 들고나와
남의 귀한 자식을 깊숙이 찌른다
몸속에 찔러 넣었다 뺐다를 반복하며
피 묻은 창칼로 글씨를 써서 나른다
피로 쓴 글씨는 분노를 일으킨다
공의라는 이름으로 쓰여진 글씨에는
엄마가 가지고 있는 용서가 없다
세상을 지탱하는 진짜 힘은
창칼일까 엄마일까

거짓에 대항하기

작정한 거짓에
진실로 대항하면
거짓의 늪 속에
빠져들어 간다

거짓의 속삭임 한 번이
진실의 몸부림 열 번보다
더 강하고 무섭다

거짓의 힘이
진실의 외침보다
강하게 보인다고 하여
거짓에 굴복할 수는 없지 않은가

거짓이 진실을 죽여
진실이 오히려 거짓처럼
남겨질지라도

진실을 외치다가
거짓의 늪 속에

빠져 죽을지라도

죽지 않기 위해
단지 자신만 살겠다고
거짓을 속삭일 수는 없지 않은가

감추인 것들

다 드러내라고 성화다
드러내는 것이 깨끗한 것이라나
감추어 있기 때문에
당당하고 아름다운 것들이
세상에 얼마나 많은데
나를 위해서가 아니라 너를 위해서
일부러 감추고 살아야 하는
불편함을 감수하고 있는데

피부가 몸속 장기들을 감추어주니
서로를 바라보는 것이 부담스럽지 않지 않은가
쉴새 없이 바삐 움직이는 그들을
모두 보여주며 살아갈 필요는 없지 않나
모두 보여주면 징그럽다고 피할 거면서
징그럽다고 가까이 다가가지도 않을 거면서
부끄러워서 일부러 감추는 게 아니라
널 편안하게 해주고 싶어서
나의 불편함을 굳이 감수하는 것을

젓갈

썩었단다
비린내가 진동하는 걸 보니
아무 짝에 쓸모없는
쓰레기가 되었단다
짠 내 가득한 굵은 소금에도 아랑곳하지 않고
춥고 컴컴한 항아리 속에서도
수년간의 세월을 견디고 성숙한
부패되지 않고 발효되려고 몸부림쳤던
썩지 않고 숙성된 자태를 보라
냄새로 섣불리 판단하지 말고
가까이 와서 그 자태를 보라
아름답고 영롱한 자태를 보라

청소부의 소박한 꿈

이게 나의 꿈은 아니었다
그러나 나는 이 일을 하고 있다
거리에 꽃을 심는 사람을 보며
부러움의 눈으로 한참을 쳐다보았다
쓰레기를 줍는 내 몸에서는
퀴퀴한 냄새가 퍼진다
모두가 나를 보며
눈살을 찌푸린다

이게 나의 꿈은 아니었다
그러나 나는 이 일을 하고 있다
나도 손에 꽃향기를 묻히며
꽃을 심는 일을 하고 싶다
다른 사람을 행복하게 하는 사람
거리를 아름답게 가꾸는 사람이
되고 싶었다

청소부가 꿈은 아니었다
이 일을 하는 것을
꿈에서조차 상상하지 않았다

그러나 나는 이 일을 하고 있다
거리에 꽃을 심는 사람이
내게 한 마디 말을 던진다
당신이 계셔서 제 일이 빛이 납니다
그 순간 슬픔에 갇힌 눈물이
기쁨의 탄성을 왈칵 쏟아내었다

주인과 주인이 아닌 자

주인은 손님을 버선발로 맞이한다
주인이 아니면 오는 손님이 귀찮다
주인은 손님의 불만에도 미소로 대응한다
주인이 아니면 손님에게 무례하다
주인에게는 다시 찾아와야 하는 손님이지만
주인이 아니면 와도 그만 안 와도 그만인 손님이다
주인이 아니꼬워도 고통을 감내하는 이유는
주인이기 때문이다
주인으로 살아가는 자가 있고
주인이 아닌 자로 살아가는 자가 있다
가진 자가 주인이 아니라
감당할 수 있는 자가 주인이다

프랙탈

나와 똑같이 생긴 네가
수만 개 모여 나를 이루고
나와 똑같이 생긴 네가
내 안에 있어 든든하다
내가 너를 만들었는지
네가 나를 있게 했는지

내 맘에 쏙 들지 않아도
나와 닮은꼴이 있다는 건
나를 지탱하는 힘이다
나와 닮은꼴이 있기에
뒷모습조차 닮을까 봐
긴장을 놓치지 않는다

괜찮아, 괜찮아

벌금 천만 원의 선고에
구속되지 않았다고
기쁨의 환호성이 터지는 순간,
벌금 삼십만 원의 선고에
무죄가 아니라고
슬픔에 가득 찬 얼굴도 보인다

시험에서 한 문제 틀려서
인생의 실패자가 되었다고
절망하는 사람 옆에서,
시험을 완전히 망쳐놓고도
아무 일도 아닌 것처럼
하하하 웃는 사람이 있다

세상만사는 보는 눈에 따라
기쁨과 슬픔이 교차하고
삶의 기준의 높낮이에 따라
열심과 나태가 결정된다

누가 누가 행복한지

누가 누가 잘 살고 있는지
당신은 알고 있는가
이래도 저래도 괜찮아 괜찮아
넋 놓고 혼자서 중얼거린다

감내

사람마다 각자의 사연이 있어서
고통의 깊이를 감히 헤아릴 수는 없지만
세월을 견딘 자들은 하나같이 세월이 약이랍니다

오늘은 숨을 쉴 수 없을 정도로 고통스러워도
내일은 숨을 가눌 수는 있게 되고
모레는 꽉 찬 생각의 창고에도 발 디딜 틈은 생기지요

오늘 못 살 것 같다고 죽으려 하지 말고
숨을 가눌 수 있는 내일은 버티기만 하고
고뇌 후에 정리된 모레를 바라며 사는 건 어떨지요

생명에 대한 예찬

내 배꼽에 붙어 있을 때는
엄마의 생명을 공급받는
유일한 통로였는데

내 머리에 붙어 있을 때는
얼굴을 돋보이게 하는
아름다운 관이었는데

내 손에 붙어 있을 때는
작은 물건도 다룰 수 있게 하는
유용한 도구였는데

탯줄도, 머리카락도, 손톱도
몸에서 떨어져 나가
생명과 연결되지 않으니
쓰레기통에 버려도 추악하구나

생명이 있는 것과
생명이 없는 것의 차이는
아름다움과 추함의 차이 같구나

기억을 청소하다

버리자니 아깝고
안 버리자니 지저분하다
나중에 조금이라도
도움이 되지는 않을까
괜한 염려에 잠시 망설이다
뒤돌아보지 않기로
눈을 꾸욱 감고서 버린다

버리자니 애매하고
안 버리자니 복잡한
기억들이 지저분하게 쌓여 있다
말끔하게 없애기로 한다
좋은 추억들만 더 생생하게
떠올릴 수 있도록
가슴에 핏자국을 남겼던 기억이
희망찬 미래를 잠식하지 않도록

빛나는 풍경

결혼한 딸을 떠나보내며
급할 때 쓰라며 건네준 금가락지는
딱한 사정이 생긴 아이에게로
생일을 맞은 아내인 나를 위하여
무심한 듯 건넨 자수정 귀걸이는
사랑하는 제자의 생일선물로
액세서리 하나 없이 어떻게 지내냐며
친한 동료에게 받은 목걸이는
슬픔에 잠겨 있는 사람의 품으로

가벼운 몸으로 강을 한참 바라보다가
온종일 빛을 내는 해와 바삐 흘러가는 강이
만들어주는 선물에 화들짝 놀란다
한낮에는 눈앞에 은가루를 펼쳐 보이고
해질녘에는 금색 실로 수놓았다가
저녁이 되어서는 핑크골드로 정원을 가꾼다

가진 것 없어도 베풀고 싶었던 마음에
반짝이는 해와 잔잔한 강이 조용히
모든 걸 다 가졌노라고 속삭인다

꼿꼿한 벼에게

익은 벼 옆에 꼿꼿한 벼가 서 있다
잘 익은 벼는 고개를 푹 숙인다
줄기마다 알알이 가득 차 있어
고개를 꼿꼿이 들 수가 없다
알이 차지 않은 쭉정이만 달려 있는 벼는
태양에게 도전장을 내밀 기세로
고개를 바짝 쳐들고 있다
고개 숙인 벼와 꼿꼿한 벼를 보고
농부는 알곡과 쭉정이를 쉽게 알아챈다

익은 벼 주변을 둘러보니
익은 벼 옆에 허수아비가 서 있다
언제부터 서 있었는지 모를 허수아비가
새들이 쪼아먹지 못하도록
밤잠을 설치며 비바람을 맞아가며
농부를 대신하여 얼마나 힘들여서 지켜냈을까

새들이 쪼아먹은 벼는
껍질만 있을 뿐 알맹이가 비어 있다
알곡이 되지 못한 벼는 왜 쭉정이가 되었을까

새들로부터 지켜준 허수아비가 없어서일까
쭉정이가 되었다고 한탄하지 말고
허수아비와 같은 자가 되리라

모난 돌이 정 맞는다

성격이 너그럽지 못해서
정 맞는다고
아니야 아니야
너무도 비범한 사람이라
남들의 시샘을 사는 것뿐이야
시샘을 사면 좀 어때
어차피 세상을 이끌어가는 건
평범하지 않은 사람들이잖아
남들과 비슷해지려고
앞서가는 자신을 뒤처지게 할 필요는 없어
오히려 더 빨리 달려가서
세상을 힘차게 이끌어줘야지
좀 힘들지라도
넌 해낼 수 있어
진득한 성품조차도
비범한 사람이니까

part 2 — 평강 공주가 바보 온달에게 바보 온달이 평강 공주에게

당신에게

벼랑 끝에 가까스로 서 있을 때
그대는 말없이 손을 잡아주었습니다
벼랑 끝으로 내다보이는 낭떠러지가
더 안전한 곳이라 느껴질 때
조그만 움직임에도 중심을 잃을까 봐
그대는 살며시 손끝을 잡아주었습니다
그 손끝에서 전해지는 위로가 너무나 따뜻해
시선을 돌릴 수 있었습니다
그대가 보여준 차분한 사랑 때문에
이 곳에 안전하게 서 있습니다

한 날에

나도 당신과 같다는
말입니다

내가 사는 이유가
당신과 같다는 말입니다

늘 함께 있고 싶은 사람도
당신과 같다는 말입니다
우리 서로 달라 보이지만
당신과 같다는 말입니다
당신이 나의 빛이듯
나도 당신의 빛이란 말입니다

그 빛 아래 네 개의 묘목이 나무가 되면
꼭 함께 긴 쉼을 갖자는 말입니다
헤어짐의 슬픔과 탄식도 없게
잠시도 외롭지 않게 말입니다
긴 쉼을 얻은 후에도
그 후에도 사랑합니다

내 머리 위 구름이 사라진 날

언제부터인지 모르지만
내 머리 위엔 항상 구름이 있어서
화창한 봄날에도 비가 내렸다
사시사철 비는 멈추지 않아서
젖은 옷만 입고 다녀야 했다
웃어도 빗물이 눈물처럼 흘러내리고
밝은 옷을 입어도 금세 칙칙해졌다
내 머리 위에 항상 구름이 있는지도 몰랐다
내 머리 위에만 있는지도 몰랐다
내 머리 위 구름이 사라진 날,
그때에야 비로소 알게 되었다
내 머리 위에 항상 구름이 따라다니고 있었다는 걸
내 머리 위에만 구름이 따라다녔다는 걸
내 머리 위 구름이 사라진 날부터
비 오는 날 내가 웃으면 온 세상이 까르르 웃었다
칙칙한 옷을 입어도 내 안의 밝음을 감출 수 없었다

겁 많은 친구가 생기던 날

사람들은 당신을 무서워합니다
빛나고 튼튼한 학력의 갑옷
예리하고 정확한 행동의 칼
자신의 몸보다 커다란 거절의 방패

사람들은 당신을 보지 못합니다
갑옷 안 겁먹은 새끼 고양이
두려움에 발톱 세운 새끼 고양이
자신이 귀여운지 모르는 새끼 고양이

사람들은 알지 못합니다
당신의 진정한 가치를
당신의 부드러운 마음을
당신의 본 모습

무거운 갑옷 벗어 버리고
날카로운 발톱 집어넣고
방패 집어 던지고
편하게 내 품에 안기렴

나는 밑도 끝도 없는
자존감을 지닌 바보란다
내 품에 안기며 너도 나처럼
행복한 바보가 될 거야

사랑

죽을 만큼 아픈 것보다
차라리 죽음이 낫지 않을까
잠시 생각하다가
죽음을 이기고 사랑하는 것이
진실한 사랑임을 되뇌며
고통에 눌려 죽을지라도
죽기까지 사랑하리라
죽기까지 사랑하리라

〈평강 공주에게〉

고백

진실로 하고 싶은 말은
감옥에 갇혀 있어요

감옥에서 나온 말은
이별이라는 무서운 괴물로도
사랑이라는 천사로도
변할 수 있어요

나는 너무 겁이 나서
감옥 열쇠를 돌리지 못해요
감옥이 열린 후 벌어질 일이
두려워서 아무 말도 못 하고
항상 그 자리에 멈춰있어요

당신이 먼저 당신의 열쇠를
사용하면 안 될까요

무제

당신이 시무룩하면
제 주변의 모든 풍경은
회색으로 변해갑니다
풍경조차도 당신의 마음으로
읽힌다는 것을 이제야 알았습니다

내가 당신의 마음속에
들어가 있나 봅니다
내 마음 속에 온통 당신이
들어가 있나 봅니다

당신이 내 몸의 일부가
되어버린 순간부터
당신의 마음이
서서히 나를 잠식해서
당신이 만들어낸 색으로
세상을 보게 됩니다

당신이 씌워준 마음으로만
세상을 볼 수 있는 저는
당신 없이는 뿌연 안개 속을
헤맬 뿐입니다

가을 하늘

오늘 하늘은 맑았습니다

가을의 맑고 청명한
그런 하늘이었습니다

봄 여름 가을 겨울 중에
왜 가을은 이리도 맑은 걸까요

탁한 마음 정돈해야
겨울이 시리지 않기 때문인가요

오늘 그대에게 고백하려
마음 속 먼지를 털어내려 합니다

부부

다른 엄마 뱃속에서
다른 아빠의 목소리를 들으며
남남으로 살다가
하나로 살려고 애쓰다 보니
삐걱거린다

삐걱거리는 중에
모난 부분을 다듬고
비어 있는 곳을 채우면서
뒹굴다 보니
어느새 하나가 되었다

하나가 되어
단 하나의 사람에게 맞춰지니
뗄레야 뗄 수 없으나
어쩌다가 떼어지면
커다란 구멍이 난다

부부

거스를 수 없는 이끌림에
둘이 하나가 되고

오랜 세월을 함께 지내도
마음이 하나면 한 몸이고
마음이 둘이면 남남이다

당신과 나 하나이기에
당신이 없으면 나는 반쪽이 됩니다

보기 싫은 반 쪼가리가 됩니다

반쪽 심장

세월의 때가 묻으면
설렘도 둔해진다지만
세월의 때가 묻을수록
안쓰러움이 덧입혀진 설렘이
제 심장을 두드립니다

반쪽 심장

하나로 보이지만 둘
둘로 보이지만 하나

여섯 배의 압력 심장
여섯으로 뭉친 가족

당신과 내가
하나 된 결과

갇힌 자의 자유

물고기는 물속이
새는 하늘이
태아는 엄마 뱃속이
나는 그의 품이
가장 편하다

언뜻 보면
분명 갇혀 있는데
갇혀 있는 게 아니라
숨 쉴 수 있는 공간이다
갇힌 자가 누리는 자유다
자유를 누리기 위해
일부러 만든 감옥이다

감옥의 소중함

그녀를 만났을 때
난 그녀의 감옥에 갇혔다

몇 년 후 탈옥을 시도했지만
어느 곳에서도 나를 먹여주지 않았다

이제는 감옥에 있는 것이 편하다
이제는 감옥이 사라질까 두렵다

내 심장은 그녀 안에서 매일 요동친다
그녀의 심장도 내 감옥에 있겠지

사랑에 매인 종

내 마음대로 할 수 있는 자유가 내겐 없습니다
그렇다고 내 마음이 아예 없다는 것은 아닙니다
내 마음이 있지만 내 마음을 내려놓겠다는 것입니다
내 마음을 지배하는 것은 내가 아니라 당신이기에
내 마음조차 내 마음대로 하지 않겠다는 것입니다
이런 나를 당신이 종으로 여겨 맘대로 부릴지라도
당신의 종이 되어 제한받는 자유가 오히려 행복이기에
내 의지로 사랑에 매인 종으로 살겠다고 선택하는 것입니다
이런 나의 선택이 나의 자유를 빼앗는 것은 아닙니다
내가 당신의 종이 되어서 더욱 자유를 누리기 때문입니다
당신이 나를 종으로 삼아 마음대로 부려도 좋습니다
당신의 마음속에 내가 있는 것이 더욱 자유롭기 때문입니다
사랑에 매인 종으로 살겠다고 나 스스로 선택한 이유입니다

당신의 노예

당신이 세상에 없다는 생각만으로
죽을 듯한 고통이 밀려오는데
당신이 곁에 있어도
차갑게 대하는 나를 이해해주오

마음은 진실에 가깝고
육체는 거짓에 가까우니
당신을 향한 내 마음 한결같고
내 육체의 무뚝뚝함도 한결같을 거요

육체의 가려진 사랑보다
보여주지 못하는 사랑이
더 크고 놀랍고 간절하니
마음 육체 모두 당신의 노예입니다

대나무

하늘을 맞닿아도
뿌리가 깊으니
진중하고

빽빽이 솟아도
비어 있으니
포근하고

올곧게 자라도
부드러움이 있으니
부러지지 않는

장엄한 너를
초라한 나는
닮고 싶다

모습과 정신

보이는 것을 보는 평인
보이는 것을 고찰하는 지인
보이는 너머를 보는 듯한

넓이를 깊이라 말하고
속이 비어도 빽빽하다 말하고
단단함을 부드러움이라 말하는 건

모습이 아닌 정신을 봄이다

part 3— 바보 온달 시

하트

숨겨진 심장의 아름다운 움직임
심장의 박동 속에
사랑이 만들어지고 괴로움도 이겨낸다

슬픔도 괴로움도 아픔도
사랑스런 추억이 되도록
심장은 오늘도 미치도록 아름답다

우리는 심장을 하트라 부른다

심지

바람에 춤을 추는 들풀
바람에 미동 없는 바위

흔들리는 것도
흔들리지 말아야 하는 것도
세상에 존재한다

마음은 흔들려도
생각은 흔들리지 말자
좋은 세상 위해

촛불

살아보자
몸을 불살라보자
살기 위해 몸부림 쳐보자

어둠에 한 줄기 빛 들어올
볕들 날을 기다리며

어둠이 한순간에 사라질
복된 날을 기다리며

고통이 기쁨 됨을 기다리며
하얗게 나를 태운다

산다는 건

바람이 머물 곳 없는
드넓은 바다 위 작은 배

바람의 이끌림에
춤추는 물결 위 잠들고

사람 손닿지 않은
작은 섬 만남에 설레고

흰 구름이 전하는
시끄러운 수다에 웃음 짓고

넓고 고요한 바다 위에
많은 이야기가 흘러간다

한 인생을 산다는 건
바다 위 돛 없는 배와 같다

노숙자의 말馬

돈 한 푼 없는 노숙자
10년 넘게 살고 있고
남편 없는 부인도
10년 넘게 살고 있다

돈이 없어 못 산다 마라
영혼의 짝을 잃어 못 산다 마라

못 살 것 같은 절망 이기고
다 살고 있다 살아 있다

다사다난한 인생에
어려움은 일파만파 몰아치고
인생이란 풍전등화 같지만
변방 할아버지의 말馬
같을지 누가 알랴

직장인의 하품

커다랗게 공기를 마셨다
마신 만큼 내뱉었다

슬픔 모르는 눈물이
슬픔을 보여준다

무의식중에
살아보려는 몸부림

뜻 모를 눈물 한 방울로
뜻 모를 희망이 만들어졌다

비상등

위급할 때 피하는 길
일상에 사용하는 길
길에는 특별한 구분은 없다

가는 길 특별하다 여기면 비상구
가는 길 평범하다 여기면 출입구

지금 인생 길 특별한 듯 싶어도
힘들고 어려운것 같아도 똑같은 길

가끔 비상등 쳐다보고
내가 가고 있는 길을 알고 간다

친구에게

슬프다고 술퍼
술 퍼먹다 아파
아프다고 울어
울으니까 슬퍼

슬프다고 술퍼
술 먹다가 아파
아프다고 울어
울으니까 슬퍼

슬프다고 술퍼
술 먹다가 아파
아프다고 울어
울으니까 슬퍼

친구야 이제 좀 그만하자
시간이 모여 하루가 되고
하루가 모여 인생이 된다

욕구

사랑 받으려
인정 받으려
노력하지만

수준을 낮추면
욕구가 높아지고

수준을 높이면
욕구가 낮아진다

수준 낮은 욕구는
절망과 늘 가깝다

화장 하는 날

추억마저 버리지 않으면
터질 것 같은 마음 견딜 수 없어
추억마저 쏟아내려 목 놓아 울었다

조금 가벼워진 마음은 안타까운 포기일 뿐
잠시 후 알게 된 건 추억은 남겼고
못 다한 후회만 버려졌다는 것이다

화장 하는 날
임은 가셨고 나는 남았고
후회는 버렸고 추억은 남았고
욕심은 버렸고 만족만 남겨졌다

자유자

세상 뜻 있으나
사상에 묻히고
서열에 묻히고

열심은 허무로
노력은 실패로
세상에 천대받고

세상 뜻 버리고
한 사람 만나
기대고 의지하니

하늘 뜻 보이고
하늘 보상 보이니
자유자 되었네

소심

마음 상하라고
소리치지 않아도

겁 먹으라고
인상 쓰지 않아도

슬퍼하라고
무시하지 않아도

작은 한마디에도
고민하는

스쳐가는 표정에도
낙심하는

싸늘한 태도에도
눈물짓는

소심한 나는
그러지 말아야겠다

바람 바람 바람

세상의 의義란
죽음으로 산 아름다운 사랑뿐

세상은 행복을 빼앗는 뿔
행복을 위해 행복을 외면하는

차가워진 손 내밀어도 잡아주지 않는
지쳐 쓰러진 행복 외면하는

무심한 듯 바라보는 타인의 절망과
몰래 미소 짓는 안도의 웃음

잔혹한 세상은 울리는 소나타
절망 뒤에 행복을 바람은 바람

바람일 뿐이다

나무젓가락

똑같은 힘으로 갈랐는데
힘 덜 받았다고 부러지고

남의 것 더 많이 갖겠다고
옆에 것을 뺐어가고

양심 없는 녀석은
절반 넘게 가져간다

산해진미 풍성해도
그림의 떡이 되고

욕심의 대가는
다시 반토막 잘려져서

이齒 사이 작은 고기만
맛보고 생을 마감했다

낙관에 새겨지듯

낙관 도장 돌 하나
여러 모양의 칼로
깎이고 다듬어진다

한 번에 쭉쭉 돌을 파내
몇 번 칼질에 멋스러운 인장이
완성되면 좋으련만

한 선을 여러 번 지나가야
그나마 볼 만하고 한 번만
지나치면 투박하기 그지없다

초서草書의 원이라도 만들려면
몇 개의 작은 직선을 긋는지
선 수백이 돼야 원 하나 나온다

칼질 적으면 낮고
칼질이 많으면 깊다
인생 깊이도 낙관과 같다

사랑이 필요한 시간

헝클어진 머리
헝클어진 머릿속

까칠한 피부
까칠한 말투

퀭한 눈
퀭한 마음

건조한 얼굴
건조한 태도

뻣뻣한 몸
뻣뻣한 성격

5분 안에 버려질 운명

하루 종일 차가워진 너를 위해
따스함과 달콤함을 담아
마음의 여유까지 너에게 주었다
나는 20원짜리 종이컵이다

EBS 세계테마기행

열심히 일하고 일해
당신과 여행 갈 여유가 생겼는데
몸이 움직이지 않는구려

행복 위해 참아온 긴 시간
돈과 늙은 몸만 남았는데
돈이란 놈으론
젊음은 살 수 없다 하니

긴 세상 지나보니
무엇이 더 소중한지 모르겠소
돈과 젊음을 교환한다면
무엇을 택할지 당신은 결정하셨소

사랑하는 당신과 여행하고 싶은데
몸이 피곤하여
오늘도 이불 속 파고들어
TV 속 세계테마기행 보며
세상 구석구석을 여행할 뿐이오

이 평설은 김윤태 김지유 두 시인을
월간 '시' 제25회 '추천시인상' 당선작으로 선정한
허형만 시인(목포대 명예교수)과 한상훈(문학평론가)의
'추천시인상' 선정 이유이다.

—월간 '시' 2019년 11월호에서

김윤태 김지유의 시詩에 대하여

허형만 시인(목포대 명예교수)
한상훈(문학평론가)

자신에 대한 깊은 삶의 성찰이 있는 작품을 쓰는 시인이다

허형만(목포대 명예교수)

김윤태 시인의 「촛불」「심지」「노숙자의 말馬」「한날에」「바람 바람 바람」을 당선작으로 선정하였다. 김윤태 씨의 전체적인 작품 세계는 자신에 대한 깊은 성찰에 있는 것 같다. 시인에게 '촛불'은 시인의 생명을 상징한다.

살아 보자
몸을 불살라 보자
살기 위해 몸부림 쳐 보자

어둠에 한 줄기 빛 들어올
볕들 날을 기다리며

어둠이 한순간에 사라질
복된 날을 기다리며

고통이 기쁨 됨을 기다리며
하얗게 나를 태운다
–김윤태 「촛불」 전문

자신의 생명과 촛불이 동일시 될 때 “마음은 흔들려도/ 생각은 흔들리지 말자”(「심지」)고 곧은 심지를 드러낸다. 이러한 시적 성찰은 “당신이 나의 빛이듯/ 나도 당신의 빛”(「한 날에」)인 것처럼 자신을 벗어나 “다사다난한 인생에/ 어려움은 일파만파 몰아치”(「노숙자의 말馬」)는 이웃에게로 확장되는 화자의 따뜻한 마음이 「바람 바람 바람」에서도 행간마다 잘 녹아 있어 앞으로 훌륭한 시인으로 발전하리라 믿는다.

김지유 씨는 서울시인협회 2019년 가을시인학교 주최 백일장에서 「나, 시인」으로 입상하였다. 김지유 씨는 “나, 시인이 될 수 있을까”하고 스스로에게 자문하면서 시인이 되었을 때의 마음가짐과 정신을 잘 드러내고 있다. 「봄이 살아 있다」와 「청소부의 소박한 꿈」은 시인이 갖춰야 할 발견의 힘과 따뜻한 심성이 돋보였으며, 「지렁이의 항변」과 「계절을 따라 피는 구름」에서의 생명사상이 소중하게 여겨졌다.

짧고 잠언적인 메시지로 공감의 울림을 주고 있다

한상훈(문학평론가)

김윤태 시인의 「촛불」은 어둠을 밝혀주는 촛불의 이미지가 "살아 보자/ 몸을 불살라 보자/ 살기 위해 몸부림 쳐 보자"처럼 자아와 세계의 대립 구조가 기조를 이루고 있는데, 이처럼 절박한 상황 속에서 '하얗게 나를' 태우는 희생의 이미지로 극복하고 있다. 「심지」는 "흔들리는 것도/ 흔들리지 말아야 하는 것도/ 세상에 존재"하는데 이로 말미암아 '마음은 흔들려도' 심지와 같이 중심은 흔들리지 말고 헤쳐 나가야만 '좋은 세상'이 열린다는 잠언적인 성격의 메시지로 독자들에게 공감을 얻고 있다.

「한 날에」는 "나도 당신과 같다는/ 말입니다"로 시작하고 있는데, 이 화자의 말은 나와 당신은 다르다는 말을 전제로 하고 있는 진술이다. 그 다음에 나오는 "내가 사는 이유가/ 당신과 같다는 말입니다" 역시 마찬가지다. 화자는 상대방이 서로 다르다는 암묵적인 논리에 대해 우린 같다고 진술한다. 이 시는 화자와 상대방이 어떠한 이유로 심한 갈등을 겪고 나서 사랑의 이별을 하고난 후, 이별의 고통으로 끝날 수 없음을 하소연하고 있는 작품이다. "헤어짐의 슬픔과 탄식도 없게/ 잠시라도 외롭지 않게"라는 말에서 화자의 감정이 잘 드러나고 있듯이, '사랑'으로 더욱 굳건해 지기를 간절히 소망하고 있다.

김지유 시인은 「봄이 살아 있다」에서 "말라비틀어진 가지에/ 이파리까지 다 떨구어버려서/ 죽어가는 줄로만" 알았던 나무가 시간을 기다리며 자세히 살펴보니 "아기 손가락 같은 초록 잎들이/ 파릇파릇 솟아"오르고 있었던 것이다. 죽어버린 나무가 아니라 '아무도 모르게' 조만간 다가오는 봄을 준비하느라고 고통의 시간을 보내고 있었던 것. 이러한 화자의 진술은 바로 시인의 사물에 대한 세심한 관찰이 있어야 가능하다. 관찰은 시를 잘 쓸 수 있는 중요한 덕목 중의 하나인데, 김지유 시인에겐 그러한 재능이 보이고 있다.

「계절을 따라 피는 구름」의 주요 소재는 '구름'이다. 하늘 위에 떠다니는 구름을 무심히 넘기지 않고 제목에서 암시하는 것처럼 구름의 모양이 계절에 따라 다양하게 변하는 모습을 포착하고 있다. 「지렁이의 항변」에서 주요 소재인 '지렁이'는 고리 모양의 여러 마디가 이어져 있는 환형동물이다.

빗소리가 좋아
땅 밖으로 나왔다
비가 촉촉이 내리는

거리가 좋았을 뿐이다
사람들의 발에 밟혀
꿈틀거려보지만
정작 밟은 자는
밟았는지도 모른다

땅속에서 소리 없이
나무들의 숨구멍을 열어주고
땅속에서 생을 마감할라치면
나무들의 거름도 되어주고
땅을 유익하게 하는 일 외엔
잘못한 게 하나도 없는 것 같은데

빗소리가 좋아
땅 밖으로 나오자마자
생을 마감하게 되었다
사람들은 나를 하찮게 여겨도
사람들 눈엔 징그러워도
난 소리 없이 나의 일을 하다가
외마디 비명도 없이 떠난다

–김지유 「지렁이의 항변」 부분

이처럼 지렁이를 긍정적이고 선한 인물로 형상화하고 있다. 지렁이가 꿈틀거리는 모습이 징그러워 사람들에게 부정적 인식의 대상이지만, 지렁이에 대한 일반적 통념을 벗어나 새로운 시각에서 본 것이다.

seestarbooks 011

김윤태 김지유 부부시집
진주가 된 생채기의 사랑
-평강 공주와 바보 온달의 시

초판 인쇄 2020. 5. 20
초판 발행 2020. 5. 25

지은이 김윤태 김지유
펴낸이 김상철
펴낸곳 스타북스

등록번호 제300-2006-00104호
주소 서울시 종로구 19길(종로1가) 르메이에르 종로타운 1415호
전화 02-735-1312 팩스 02-735-5501
이메일 starbooks22@naver.com

ISBN 979-11-5795-526-8 03810

*이 도서의 국립중앙도서관 출판예정도서목록(CIP)은
서지정보유통지원시스템 홈페이지(http://seoji.nl.go.kr)와
국가자료공동목록시스템(http://www.nl.go.kr/kolisnet)에서
이용할 수 있습니다. (CIP제어번호 : CIP2020018291)